AF591294

RAOUL TOSCAN

L'EXTRAORDINAIRE ET TRAGIQUE AVENTURE DU MARCHAND DE COMPLAINTES JEAN GONDRAND, dit PAPARD L'ASSASSIN DE SAINT-AMAND-EN-PUISAYE

1843 - 1845

Avec commentaires psycho-pathologiques du Docteur BEAUSSART

ÉDITIONS
DE LA REVUE DU CENTRE
175, BOULEVARD MALESHERBES - PARIS
ET 8, RUE DES PERRIÈRES, A NEVERS

à mon cher Jehan-Rictus
– qui est cité au cours de
ce récit –
Hommage du Poète et à l'ami
de son dévoué
Totosque

JEAN GONDRAND, dit PAPARD

L'ASSASSIN DE

SAINT-AMAND-EN-PUISAYE

DU MÊME AUTEUR

HISTOIRE

Guide et Histoire de La Charité-sur-Loire (R. Thoreau, La Charité).

Giroud de Villette (Publications de la Société Nivernaise).

EN PRÉPARATION :

La Merveilleuse Histoire des Ducs de Nevers, Marie de Gonzague.

L'Epopée des Mariniers de la Loire.

RAOUL TOSCAN

L'EXTRAORDINAIRE ET TRAGIQUE AVENTURE
DU MARCHAND DE COMPLAINTES
JEAN GONDRAND, dit PAPARD
L'ASSASSIN DE
SAINT-AMAND-EN-PUISAYE
1843 - 1845

Avec commentaires psycho-pathologiques du Docteur BEAUSSART

ÉDITIONS
DE LA REVUE DU CENTRE
175, BOULEVARD MALESHERBES - PARIS
ET 8, RUE DES PERRIÈRES, A NEVERS

L'EXTRAORDINAIRE
ET TRAGIQUE AVENTURE
DU MARCHAND DE COMPLAINTES
Jean GONDRAND, dit PAPARD
L'ASSASSIN
de SAINT-AMAND-EN-PUISAYE
(1843-1845)

Nous avons peut-être une tendance trop marquée, lorsque nous nous entretenons de nos gloires locales, de n'envisager celles-ci que sur le seul côté de leurs vertus. C'est fort bien, mais l'Histoire, cependant, se doit de tout retenir. L'étude de certains types malfaisants jette souvent des lueurs curieuses sur une époque toute entière. On a les grands hommes et les criminels que l'on mérite. Les individus sont à l'image de leur temps.

L'explication d'un crime et la biographie d'un assassin vont remplir cette histoire véridique que je me propose de vous conter. Le crime est singulier, le criminel plus étrange encore. Je vous apporte sur eux une documentation telle et vous donne l'indication de faits si imprévus que je pense mériter pour ceci un peu de votre indulgence.

Cette histoire est nettement nivernaise : le drame s'accomplit à Saint-Amand-en-Puisaye, le jugement et la conclusion ont lieu à Nevers, mais nous avons l'agrément d'apprendre que le meurtrier n'est pas de chez-nous.

Si je dis l'agrément, c'est pour céder aux remarques de la morale bourgeoise. Sans aller jusqu'aux paradoxales théories de Thomas de Quincey qui considère le crime « comme un des beaux-arts », je pense qu'un grand et original meurtrier se couronne d'une renommée qui, pour être de mauvais aloi, n'en est pas moins incontestable.

Il y a place dans le livre de pierre que constitue une cathédrale gothique à toutes les expressions de la vie. Le vice est à côté des vertus comme les détails réalistes à côté des visions les plus idéales. Au registre des tympans il y a autant de damnés que d'élus.

Le grand philosophe Mæterlinck, dans sa féerie l'*Oiseau Bleu*, nous transporte dans le Royaume de l'Avenir. Le Temps ouvre la porte aux enfants qui vont naître et inscrit déjà leur destin : « Celui-ci sera un grand savant, celui-là sera un berger, cet autre combattra l'injustice... — Et toi qu'apportes-tu ? s'écrie soudain le vieillard en voyant un enfant les mains vides... Rien du tout ? Alors, on ne passe pas... Prépare quelque chose, un grand crime si tu veux ou une maladie, moi, cela m'est égal... mais il faut quelque chose ! ».

Il faut en effet que nous marquions notre passage.

Gilles de Retz, Cartouche, Mandrin, Les Flibustiers de l'Ile de la Tortue ou les Aubergistes de Peyrebeilhes ont marqué le leur et dépassé toutes les « gloires » moyennes. Ils ressortent en lumière sanglante sur la tapisserie du Passé. Je veux croire cependant que si le crime est aussi bien installé sur les sommets, c'est uniquement pour magnifier la vertu. Dans bien des circonstances, il occupe autant de place qu'elle et la perversité qui sommeille au fond des cœurs humains y découvre souvent plus d'intérêt. La chronique des Tribunaux aura toujours plus de lecteurs que le palmarès des Prix Montyon. A tort sans doute, — mais cela est ainsi.

*
* *

Or, Jean Gondrand, dit Papard, assassina sa concubine dans une auberge à Saint-Amand-en-Puisaye, le 7 décembre 1843.

Après plus d'une année de recherches, d'incertitudes et de tâtonnements, lorsque la justice clôt enfin son instruction et que l'affaire se présente à Nevers, en Cour d'Assises, le coupable est transfiguré. Le marchand de complaintes-assassin passe pour un prophète et le jour de son exécution, le 26 avril 1845, la population s'attend si bien à des évènements merveilleux que, des quatre coins de la province, elle accourt pour y assister. Jean Gondrand monte sur l'échafaud d'un pas assuré après avoir livré aux ciseaux du bourreau les cheveux qui caressaient ses épaules. Il compte à peu près trente-deux ans. Le couteau tombe et, comme disent les journalistes, justice est faite...

Justice est faite ? C'est ce que nous allons chercher à savoir.

*
* *

Pour établir la biographie de Jean Gondrand et l'histoire de son crime, un document m'était indispensable : le dossier de l'affaire. Je l'ai eu entre les mains. J'ai trouvé également à la bibliothèque nivernaise deux brochures populaires, illustrées d'une façon curieuse, et donnant les œuvres littéraires du criminel et un essai de biographie à l'usage des places publiques.

M. le Docteur Fié, député de la Nièvre et maire de Saint-Amand, m'a aidé avec complaisance, à grossir mes informations. Un témoin oculaire des faits dont je vais vous parler existait encore. Mme Normand, âgée de 95 ans, put être interrogée quelques jours avant sa mort et nous donner ses souvenirs.

Il fallait enfin pour fixer la psychologie du criminel qui fut atteint de dégénérescence morbide et établir un diagnostic suivant les données de la science actuelle, faire appel à une personnalité particulièrement qualifiée. Mon ami, M. le Docteur Beaussart, médecin-chef de l'établissement neuro-psychiatrique de La Charité, s'intéressa au « cas » de mon héros. Les conclusions de cet éminent praticien qui est appelé, comme on le sait, à donner son avis dans certaines affaires qui se jugent aux Assises de Nevers, constituent la partie capitale de mon récit, et justifient l'intérêt que doivent lui accorder les hommes de science.

Nous voici donc très à l'aise, avec une documentation aussi sérieuse, pour évoquer le passé.

*
* *

Nous sommes à la date précise du mardi 28 novembre 1843. Il est cinq heures du soir. Il fait nuit. Le ciel a été couvert une partie de la journée et un peu de neige est tombée. Nous avons piétiné dans une boue glacée. Heureusement la ville est proche. La ville, c'est Cosne, dont on voit déjà s'estomper quelques lumières dans une brume jaunâtre, Deux hommes, deux femmes et une petite fille, escortés d'un chien, marchent péniblement, aux côtés d'un âne chargé de deux gros paquets, d'un tambour, d'un long rouleau de toile sur lequel s'attachent des piquets et un grand parapluie.

Une fois de plus l'âne, au sous poil gris refuse d'avancer. Son maître, un nommé Nicolas Bonnet, le frappe à coups de fouet d'une façon si vigoureuse que la lanière se détache de la verge et s'envole au loin.

En maugréant l'homme se met à sa recherche, mais dans l'obscurité ne la retrouve point. Revenant près du groupe, il s'en prend à sa femme, Catherine, et lui reproche brutalement de ne pas avoir tenu l'âne à la bride. « Tu sais bien que cet animal ne sait plus marcher la nuit !

« Maudit achat d'ailleurs que cette bourrique que j'aurais bien dû laisser à la foire de Nogent. J'aurais encore mes 45 francs et j'irais certes bien plus vite par les chemins. C'est de ta faute. C'est toi qui l'as voulue. Charges-t-en. Je ne m'en occupe plus. » Le couple qui accompagne Bonnet et sa femme est, comme eux, chanteurs forains ; l'homme s'appelle Braconnier et la jeune personne qui est avec lui, Françoise Clément. La fillette leur appartient. Ils essayent de calmer leur compagnon. Il n'y parviennent pas et c'est en continuant de raisonner que Bonnet les quitte. Celui-ci se rend chez un aubergiste nommé Torcol, dit Lenoir, et les autres vont s'installer chez " *la Mère des bons enfants* ". Les deux femmes se quittent en s'embrassant.

Le lendemain matin, quand ils se retrouvent au café, chez Torcol, pour décider l'emploi de la journée, Françoise est frappée de voir sur la figure de Catherine, celle qu'elle appelle sa « sœur » une large ecchymose. Celle-ci, la prenant à part, lui en confesse l'origine. « C'est de ma faute. Je n'ai pas voulu souper hier et, durant tout le repas, énervée que j'étais des reproches qu'il me fit au sujet de l'âne, j'ai traité mon mari de brigand, de scélérat, de cochon et de reste de galère. Il se vengea. Une fois retirés dans notre chambre, il m'a lancé à la figure son soulier qui m'a fait le mal que tu me vois ». (1)

---

(1) Tous les détails et les paroles rapportés au cours de ce récit sont rigoureusement authentiques et empruntés en majeure partie au dossier de l'affaire.

Celui que Braconnier connaît sous le nom de Bonnet, n'est autre que Jean Papard. C'est un marcheur infatigable. A peine arrivé, il repart avec Catherine et son âne, pour Donzy où se tient, le lendemain, le jeudi 30, la foire. Il couche dans cette ville. Le vendredi, il retourne à Cosne où il passe la nuit, retrouve Braconnier et sa chanteuse et vont faire ensemble le marché de Sancerre, le samedi 2 décembre.

Mais Papard qui déja se plaignait d'accès de fièvre, précipite un peu son retour et arrive à Cosne avant Braconnier. Le soir, ils couchent tous dans le dortoir de Torcol et la nuit de Papard est singulièrement agitée. Il rêve tout haut. Il a des chaleurs inquiétantes. Vers minuit, il s'écrie : « Voilà le marché qui sonne, voyons si elle se lèvera. » *Elle*, sa femme sans doute. Le matin il est plus calme, mais comme on lui dit qu'il a parlé la nuit, il a peur rétrospectivement...Il dit à Catherine avec inquiétude : « — Tu m'as entendu ?

— Non » répond-elle.

Et l'homme pousse un soupir de soulagement.

*
* *

Ces chanteurs forains, ces « rapsodes » pour employer le mot littéraire, quelle singulière corporation ils forment et que leurs mœurs sont donc particulières ! Interrogez quelques personnes âgées de notre pays, toutes en ont gardé le souvenir.

M. l'abbé Trameçon, curé de La Charité, en a vu dans son enfance à la foire-louée de Saint-Révérien et, dans une de ses chroniques hebdomadaires (1), nous en fait une amusante description :

« Je suis tout petit enfant de cinq ou six ans et, la messe finie, ma mère ma donné licence de

(1) « L'Echo du Prieuré » (La Charité imp. R. Thoreau) 6 juin 1926.

prendre part aux amusements forains à condition de ne pas dépenser plus de cinq sous. L'argent était rare à cette époque et cette somme me suffit pour me payer tout ce que je désire : les chevaux de bois...et l'entrée dans la baraque du bateleur qui vend la complainte de Troppmann. Il se tenait, le bateleur, sur une estrade derrière laquelle une toile grossièrement peinte, représentait. en ocre rouge, le crime du champ Langlois, l'assassinat de la famille Kinck.

« Quand le barnum avait expliqué le meurtre abominable en désignant avec une baguette les différentes scènes représentées sur la toile, il chantait la complainte qu'il vendait ensuite. C'était une image d'Epinal à laquelle servaient de cadre une trentaine de couplets ».

Mais ce rapsode, que le curé Trameçon vit dans son enfance à la louée de Saint-Révérien, était un richard. Il avait une baraque ! Papard opère plus simplement.

Il se contente de planter un piquet sur la place, d'y accrocher son tableau et, ceci fait, il rassemble la foule aux roulements du tambour.

Papard a toujours été un nomade. Cela tient de famille. Son frère occupe, sur les chemins, un niveau plus élevé : Il est dentiste, dentiste forain, et le chanteur l'appelle le « médecin ». Jean a d'abord vendu de la menue mercerie, puis des livres. Quel âge a-t-il ? Il ne le sait pas au juste, une trentaine d'années. Sa taille est au dessous de la moyenne, sa physionomie efféminée affecte la douceur, son maintien est modeste et recueilli, sa mise, propre et décente. Il n'a reçu aucune instruction et, cependant, des dons variés se manifestent. Il s'exprime bien. Il écrit correctement. Il chante la plupart du temps les complaintes qu'il a composées, car il a lu les poètes, et les feuilles qu'il vend sur la place sont illustrées de gravures qu'il a lui-même taillées sur bois, au couteau. Sa profession est bien déterminée. Il est marchand de complaintes, mais, quand il se pique de distinction, il s'intitule « colporteur de relations ».

En vérité ces rapsodes ne sont pas autre chose, dans une forme moins policée, que les descendants des lointains ménestrels qui s'en allaient, autrefois, de château en château, conter les exploits des preux. Leurs complaintes sont, en effet, des relations. Les gens auxquels Papard s'adresse sont presque tous illettrés. Les journaux sont rares et cependant on veut savoir. Comme il y a des écrivains publics, il y a des gazetiers oraux et l'on demande à ceux-ci de psalmodier l'actualité, pour la mieux retenir sans doute.

Or qui peut intéresser cette foule naïve mieux que le « fait-divers », comme nous l'appelons aujourd'hui, dont la chronique judiciaire est, évidemment, le plus puissant aliment ? (1).

Les rapsodes circulent dans toute la France. Ils connaissent eux aussi les initiations et les règles d'une sorte de compagnonnage. Ils sont cependant assez souvent fidèles à une région dont-ils commentent les grands drames.

Leur bréviaire est l'almanach des foires et des marchés. Ils se déplacent à pied. Ils ont quelquefois une petite voiture que tire un chien pour transporter leur attirail. Papard eut le moyen de s'offrir un âne.

Dans les villes où ils passent, ils ont leurs gîtes attitrés. Ils ont leurs « mères » comme les « compagnons du devoir ». A Cosne, on nous signale la « *Mère des bons enfants* », à Courtenay (Loiret), la Vve Lacroix, dite « *la Mère des compagnons* ».

(1) M. Emile Chomet, ancien sénateur de la Nièvre, nous a communiqué le 11 juillet 1926 une complainte qui venait de paraître, présentée comme nous l'avons décrite et relatant « l'Arrestation sensationnelle de l'Assassin présumé de la Forêt de Tronçais » (éditée chez Simonet à Saint-Amand (Cher).

Mais *gavots* et *devoirants* forment des catégories définies... Les marchands de complaintes en constituent une également mais qui ne se mêle pas aux autres. Ce sont des errants nés et ils ne frayent vraiment qu'entre « collègues ». Ils prennent des repas assez confortables dans la salle basse de l'auberge et la nuit, ils couchent réunis dans le même dortoir. (1)

Ces chanteurs de la Vieille France n'étaient point mal vus. Les tenanciers des gîtes où ils avaient l'habitude de descendre avaient même pour eux une certaine considération et étaient tout disposés à leur porter secours en échange des services très particuliers que ces nomades leur rendaient. On confiait à ceux-ci le soin d'écrire une lettre difficile ou un quatrain d'amour. On acceptait leurs recettes acquises au cours de leurs voyages... ils étaient un peu rebouteux et diseurs de bonne nouvelle, ils savaient également tatouer des emblêmes corporatifs sur la peau des travailleurs. Bref, ces nomades apportaient avec eux l'intraduisible attirance de l'aventure et ce qu'elle comporte de prestige aux regards de ceux qui n'ont jamais bougé. J'ai cueilli sur ces divers points, dans le dossier de cette sombre affaire, les plus singuliers détails, mais je dois abréger.

* * *

Le jour se lève gris et maussade. Papard souffre encore et se plaint. C'est le dimanche 3 décembre. Mais le marché a lieu lundi à Saint-Amand.

---

(1) Ce genre de maison existe encore en Nivernais. A Nevers une auberge en sous-sol de la rue du 14 Juillet s'est fait la spécialité de recevoir la clientèle nomade et elle a une chambre à coucher commune comme je viens de l'indiquer. Un gîte de « Compagnon du Devoir » existe aussi dans la même ville au 12 de la Place St-Laurent et recueille en particulier les compagnons tonneliers et doleurs — c'est du moins ce qu'indique son enseigne (note de Septembre 1927).

La petite troupe quitte Cosne dans l'après-midi et s'en va coucher au lieu dit le « *Chêne Creux* ».

Le lendemain matin ils arrivent pour le marché. Papard est malade, mais il est courageux. Il fait son métier sur la place. Cependant, rentré à l'auberge des époux Dubois, qui se trouve sur la route de Cosne, et après avoir grignoté quelques châtaignes dont sa femme avait acheté un cent et demi au marché et qu'elle avait fait cuire sous la cendre, l'accès de fièvre le reprend, si fort, qu'il va rejoindre son lit.

La chambre est encore un dortoir, situé au premier étage de la maison, dans lequel sont également le camarade Braconnier, sa compagne, Françoise, et leur fillette. Ceux-ci ont décidé de partir le mardi matin pour être à la foire de Saint-Sauveur, le mercredi. Papard a passé une très mauvaise nuit. Il s'est plaint, il a divagué, ses compagnons l'ont entendu. Mais comme sa volonté est grande, il se lève, au matin, avec l'intention de partir. Il s'habille ; descend dans la cour, mais là, chancelle. Il remonte, et se couche. Il est dans l'impossibilité de se mettre en route. Alors, il dit à Braconnier et à Françoise ; « — Retardez votre départ, je serai peut-être mieux dans la soirée. Si je ne puis pas d'ailleurs à ce moment, ma femme prendra le tableau de complaintes et vous accompagnera. Je garderai votre petite fille dont j'aurai soin et, après la foire de Saint-Sauveur, vous reviendrez la prendre ici et nous irons à Entrains pour la foire du 9. » (1).

Mais tout cela ne pouvait s'arranger que si Papard allait mieux et, au contraire, le mal devient si fort que Catherine va chercher le médecin et que, dans l'après midi, Braconnier, Françoise et leur fillette partent sans lui pour Saint-Sauveur.

---

(1) Déposition de Braconnier (Instruction du Procès).

Le Docteur Cléophas Paultre, de Saint-Amand, arrive. Il diagnostique une pneumonie. Le malade, en effet, a de l'hyperthermie ; il tousse beaucoup ; il a de la peine à respirer, crache le sang et présente un délire léger, continu, mais sans donner aucun signe de colère. Cléophas Paultre propose à Papard de le saigner. Le malade refuse

Le lendemain, mercredi, le Docteur insiste et, cette fois, le chanteur accepte. Après la saignée il se trouve mieux. Le médecin lui recommande la diète, des boissons d'eau gommée, et lui indique que l'opération devra être recommencée. Durant que Cléophas Paultre est à son chevet, le malade est dans un état continu d'agitation. Il parle au point qu'on ne peut le faire taire et ses paroles sont souvent incohérentes. Mais l'opération qui l'a momentanément soulagé n'a pas retiré de son cerveau une idée qui grandit comme le mal renaît : Le délire dont il est la proie est dû, pense-t-il, au traitement qu'il vient de subir, car il se souvient avoir lu dans un livre de médecine de son frère que lorsqu'on pratique la saignée durant un accès de fièvre, elle occasionne le délire. Il sent ses poumons se pétrifier. Il sent qu'il va devenir enragé. Qui est cause de tout le mal ? Le Docteur Paultre. Sa femme, en vain, lui prodigue les soins les plus dévoués. Elle cherche à le rassurer, à le calmer. Elle ne le quitte pas. La nuit du 6 au 7 est mauvaise. Sur le matin, Papard dort, son bras tendu hors du lit.

Un jeune ouvrier potier, nommé Rousseau, qui couche dans une chambre haute, et qui ne connaît pas encore les bienfaits de la journée de huit heures, descend à cinq heures du matin pour se rendre à son travail. Il est forcé de traverser le dortoir pour gagner l'escalier. En passant, il frôle légèrement la main du malade et celui-ci se met à jurer. Il crie avec force « Tout cela se paiera. »

Le Docteur et son traitement qu'il juge malencontreux le hantent à nouveau... Mais il ne dit plus rien. Il fait jour. Il se lève, halluciné, se dirige vers ses vêtements, les fouille. Il prend son couteau-poignard et l'aiguise sur le carreau. Sa femme lui dit :

« — Pourquoi affûtes-tu ce couteau ?

— C'est pour te tuer. » répond-t-il.

Catherine se contente de hausser les épaules.

Non, ce n'est pas pour tuer sa femme. C'est pour tuer l'autre... le médecin. Il se laisse calmer. Il se recouche. Mais il n'a pas lâché son poignard. Il l'étreint sous les draps. Il ne le lâchera plus. Vers trois heures et demie de l'après-midi, il dit à sa femme : « Va chercher le médecin, j'ai besoin de le voir. »

Catherine s'y rend. Un temps s'écoule. Elle remonte. Le médecin n'est pas là. Alors le chanteur se lamente. « Je vais mourir, dit-il, je suis un homme perdu, ah ! ce coquin ! s'écrie-t-il, en parlant du médecin, il m'a saigné dans la fièvre, j'ai les deux poumons paralysés, mais il me le paiera. »

C'est Anne Dubois, la fille des aubergistes, qui entend ce propos en traversant la pièce pour gagner la chambre qui est sur la rue et où elle doit prendre des effets. Elle redescend, remonte presque aussitôt. Catherine est toujours là, penchée sur son malade, qui cherche à le consoler. Mais comme la fille Dubois a gagné la chambre et ouvre son armoire, elle entend des cris épouvantables. On appelle au secours. Elle se précipite dans la chambre de Papard et... c'est l'horrible chose !

Le chanteur furieux s'est dressé sur son séant, il tient sa femme fixée sur le lit et la larde de coups de couteau.

A la vue d'Anne Dubois l'assassin lâche la victime qui use ses dernières forces à se sauver. Il court à la jeune fille qui fuit jusqu'à la chambre et là, tout en se défendant avec une énergie extraordinaire contre son agresseur, elle cherche à ouvrir la croisée qui donne sur la rue. Mais on a entendu les cris. Alexandre Dubois, le frère d'Anne, et le sieur Jolivet, un ouvrier que les aubergistes occupent, se hâtent de monter à la chambre de Papard. Ils sont assaillis à leur tour par le misérable qui les met en fuite après les avoir frappés dc plusieurs coups de couteau. De son côté, Anne est parvenue à s'enfermer dans la petite chambre et à s'échapper par une échelle qu'on lui a tendue.

Durant ces deux dernières scènes, Catherine, atteinte de plusieurs blessures, dont deux étaient mortelles, s'est réfugiée dans une maison voisine où elle n'a pas tardé à expirer. L'autopsie révèle, quel ques jours après, qu'elle était enceinte de cinq mois.

Quant à Anne, à son frère et à Jolivet, leurs blessures ne présentent aucun caractère de gravité. Ils s'en remettent assez rapidement.

Cependant l'alarme est donnée. Tout le quartier s'émeut. Le maire (1), averti, se transporte sur les lieux. On trouve Papard dans son lit, mais il tient encore le couteau-poignard dans sa main. On le désarme. L'arme a été fraîchement aiguisée. Il l'avoue. Il prétend que c'est au médecin qu'il destinait ses coups. Evidemment le Docteur Paultre l'a échappée belle !

Papard, une fois habillé, est conduit en prison. On vient lui annoncer que sa femme est morte : « Tant mieux, dit-il, j'en suis bien aise, demain matin je serai auprès d'elle ».

Dans la cellule communale, où on l'a transporté, toute la nuit qui suit ces tragiques évènements, le meurtrier est surveillé par des braves gens du pays. L'instituteur Poulet est du nombre. Papard est en-

(1) M. de Thou.

core délirant. Son interlocuteur le fait parler. « J'aurais frappé indistinctement, dans l'excitation où j'étais, tous ceux qui se seraient présentés. L'exaltation fut poussée jusqu'à la frénésie... Puis j'ai senti mes forces m'abandonner ». Ainsi s'exprime le criminel et l'excellent M. Poulet conclut : « J'ai eu le sentiment que cet homme avait cédé, non à une volonté réfléchie, mais à une exaltation causée par son état de maladie ».

Et voilà que cet état de maladie cesse brusquement. Cet homme tremblant de fièvre, crachant le sang, qui est tiré de son lit et jeté dans ce local humide qu'est la prison après cette crise terrible et cette pneumonie déclarée, voilà que la fièvre s'apaise, cet homme est guéri ! Le Docteur Paultre le constate le lendemain matin du crime et fait au juge cette réflexion curieuse : « L'affection cérébrale chez Papard n'a été que l'accessoire d'une pneumonie »... « Il est sans doute fort rare que les affections dont il était atteint cessent tout-à-coup, mais cependant, ce n'est pas sans exemple ».

« Papard a répondu à toutes les questions qui lui ont été posées aussitôt après le crime, pensez-vous que cela soit naturel ? demande-t-on au Docteur.

« Cela me semble extraordinaire, cependant, il n'est pas rare de voir des fous furieux s'arrêter tout-à-coup en présence d'une force supérieure qu'ils jugent capable de les maîtriser. Ainsi, Papard, une fois en prison, aurait pu, par instinct, s'arrêter dans ses actes de fureur ».

*
* *

Excusez-moi d'ouvrir une parenthèse. L'histoire souvent s'accroche à des broutilles. Rien n'est plus qu'un carnet évocateur de dépenses. Je ne résiste pas à vous montrer le mémoire que le sieur Dubois, aubergiste, fournit pour les dépenses faites pour la femme Papard. Le voici dans toute son éloquence.

Vous constaterez que, sous le règne du " tyran " Louis-Philippe, la vie était encore facile à Saint-Amand, même quand il s'agissait d'un compte dont la justice allait faire les frais.

7 décembre 1843 :	Pour dépense deux repas faits (avant l'assassinat) .	1 f
8 décembre 1843 :	Fourni un drap estimé.	8.
«	Dégâts faits à une couverture	2.
«	Pour réparation d'un lit .	5.
«	Payé la femme qui a veillé et enseveli la femme Papard	2.
«	Pour nourriture d'un âne pendant trois jours . .	1,25
«	Pour nourriture d'un chien pendant trois jours	0,45
«	Payé aux quatre femmes qui ont porté au cimetière la femme Papard .	3.
«	Pour nourriture pendant deux jours de la femme qui a veillé et enseveli la femme Papard	2.

Une autre dépense importante s'ajoute. Il a fallu, si simple soit-il, faire un cercueil et payer les fossoyeurs. Cela ne nous ruinera pas. Maître Dubois ajoute 9,80

Et puis, pour se rendre de Saint-Amand à Cosne, Papard a réclamé une voiture. Son état de santé paraissant l'exiger, on a consenti un nouveau sacrifice. Le voiturier a demandé 4 francs.

Le bilan d'un séjour, des dégâts matériels causés par un assassinat en chambre et de tout ce qui s'ensuivit s'élève donc à la somme de 38 francs 50.

Maître Dubois n'a pas " fusillé " la Justice.
Mais je reprends le cours de mon récit.

*
* *

L'instruction de ce procès durera plus d'un an. La tâche du juge est rendue difficile de ce fait que l'on ne peut connaître la véritable identité du criminel qui s'abrite sous un nom qui est celui d'un autre.

Le héros de cette sombre affaire s'appelle de son véritable nom JEAN GONDRAND. C'est un repris de justice. Au cours de ses internements variés, il a connu un certain Papard dans la prison de Sarlat. Ce Papard, à peu près du même âge que Gondrand, était originaire des Vosges. Il a raconté à son compagnon de geôle tout son passé. Il l'a entretenu de sa famille. La mémoire de Gondrand est prodigieuse. Il a tout retenu. Tous les renseignements qu'il donne sur sa prétendue famille coïncident... La justice, durant des mois, est égarée, d'autant plus que déjà avant le crime, le marchand de complaintes s'est donné quelquefois ce nom. Des mois s'écoulent. Un jour cependant, dans le silence de la prison, il médite des aveux. Il écrit au juge. Il veut lui révéler sa vraie identité. Le 2 mars 1844, un interrogatoire a lieu et le passé ténébreux du chanteur ambulant s'éclaire. *Au mois d'avril suivant*, une fille Salandre qu'il a connue, puis abandonnée et qui est maintenant en prison, confrontée avec lui, confirmera une partie des aveux du meurtrier. Jean Gondrand a le mérite de les avoir faits spontanément. Voici donc ce que l'on apprend :

« Il est né dans la commune de Bugne (arrondissement de Sarlat, Dordogne), de Nicolas Keller-Gondrand et de Jeanne Péchary. Il est le troisième d'une famille de quatre fils. Tout ces gens vivent misérablemeni entassés dans une masure qui, s'écroulant un beau jour, les oblige, faute de res-

Jean Gondran dit Papart

Catherine Quiéry

Dessins tirés du Recueil des Ecrits de Jean Papard, publiés en 1845

LA SCÈNE DE L'ASSASSINAT

Vue par Jean Gontrand

(Bois gravé)

sources pour la pouvoir réparer, à se retirer dans une caverne. La réprobation publique les y accompagne. On les accuse de tous les méfaits commis dans le pays. La terreur qu'ils inspirent arrête les dénonciations, mais la justice, enfin, reprend son cours et des condamnations viennent frapper ces redoutables bandits. Jolie famille comme vous l'allez voir.

L'aîné des fils fut condamné à un an de prison pour mauvais traitements sur un de ses enfants.

Le deuxième, le dentiste forain se donnant le titre de médecin, à la peine de mort, par contumace, pour fabrication de fausse monnaie.

Le plus jeune, à la même peine pour avoir assassiné sa femme en la faisant dévorer par un bouledogue.

La mère, Jeanne Péchary, à cinq ans de réclusion comme complice de ce crime atroce. Enfin, Gondrand père, s'il ne put être saisi par la justice, n'en était pas moins soupçonné de se livrer à la rapine pour se procurer des moyens d'existence.

Quant à Jean Gondrand, dit Papard, l'avant-dernier fils, voici son histoire :

En 1831, il est incorporé au 25e de ligne. A peine sous les drapeaux, il déserte à l'étranger. Traduit devant le Conseil de guerre, à Perpignan, il est acquitté. L'année suivante, ayant de nouveau déserté, le même Conseil de guerre le condamne à neuf ans de travaux publics. Ecroué dans la prison militaire de la Rochelle, il s'évade et, pendant deux ans, il est démontré, il l'indique lui-même, qu'il fait partie d'une bande de malfaiteurs qui pillent les églises et dévalisent les passants dans l'arrondissement de Sarlat. Il est repris. Condamné de nouveau par un Conseil de guerre, à cinq ans de boulet pour son évasion, il est enfermé à l'Ile d'Aix où il est convaincu de fabriquer là, de fausses pièces de deux francs. Il est condamné à mort. Il est gracié par le Roi. Sa peine est commuée en celle des travaux forcés à perpétuité et Gondrand est transféré à Poitiers pour assister à l'entérinement des lettres de grâce. Sur ces entrefaites (ceci se passe en 1836), Gondrand parvient encore à s'échapper et c'est de ce moment que date sa vie errante et vagabonde qu'il mène jusqu'au jour de son arrestation à Saint-Amand, portant tour à tour une foule de noms : Moine, Bonnet, Papard, suivant les lieux et les circonstances.

Depuis plusieurs années, il parcourait ainsi la France, vendant des chansons, chantant des complaintes, lorsque, dans le courant de 1838, il rencontra à Abbeville, Catherine Quierry, alors âgée de quinze à seize ans. Elle était *l'amie* du frère de Gondrand, le médecin, qui, comme lui, voyageait sous un nom supposé. Jean décida cette fille à le suivre, l'associa à son sort et en eut successivement trois enfants dont l'un mourut et les deux autres furent placés par lui dans les hospices.

Catherine Quierry était vulgaire, d'humeur irritable, aimant la bonne chère, faisant des dépenses inconsidérées. Ces habitudes amenaient souvent des querelles entre elle et son ami, qui, au contraire, était sobre et économe.

Plus d'une fois, à la suite de pareilles scènes, on avait vu Catherine portant des traces de violence de Gondrand. A Courtenay, dans le Loiret, le 15 novembre 1842, à la suite de voies de fait particulièrement cruelles dont elle a été victime, elle se décide à aller trouver le maire de la commune pour obtenir qu'il la délivre de son persécuteur. Elle demande son passeport séparé et supplie ce magistrat de la prendre sous sa protection en lui disant que s'il ne la sauve pas de cet homme, celui ci, finira par l'assassiner.

Un fait, noté dans le dossier, donne en effet la mesure du mépris et du détachement dont l'accusé témoignait à l'endroit de sa compagne, non moins que de sa cruauté : « Un jour, dit Catherine au maire de Courtenay, cet homme jouait au billard avec son frère. J'étais l'enjeu de la partie de telle sorte que le gagnant devait avoir le plaisir de me battre, ce qui arriva en effet. ».

Gondrand, devant le maire, fait le bon apôtre. Avec un air d'intérêt et de douceur affecté : « Malheureuse, de quoi te plains-tu, lui dit-il, je ne veux pas que tu me quittes, mon devoir le commande, nous avons des enfants. Ne l'écoutez pas, M. le Maire, c'est une folle, sa tête est perdue. »

Mais le Maire est perplexe et il dira plus tard, dans son témoignage : « Sa figure, son regard, sa politesse, son calme étudié ne m'inspiraient rien que de défavorable ». Il place Catherine sous la protection de la gendarmerie, mais le soir même, c'est elle-même qui revient. Elle aime « son homme ». Elle dirait bien comme Martine, la crise passée : « Et s'il me plaît d'être battue ! ».

Cependant, à l'auberge, où elle le retrouve, une conversation en patois, inintelligible pour ceux qui sont présents, se produit, conversation terrible si l'on en juge par l'abattement de la femme, la voix stridente et les regards menaçants de Gondrand.

Partout où l'on suit ce couple si mal assorti, les témoignages sont unanimes. La fille Quierry porte peu ou prou des traces de violences ; mais toujours aussi, elle les explique par une cause fortuite : Elle s'est prise de querelle avec des femmes sur la route, elle est tombée sur des cailloux. Elle n'accuse jamais Gondrand. En dehors de la scène de Courtenay et quelques confidences à Françoise Clément « sa sœur » comme elle l'appelle et dont j'ai parlé au début, elle ne se plaint pas de son amant.

Car il faut lui reconnaître cette qualité : Elle est discrète... parce qu'elle aime.

Elle a pour Gondrand de l'admiration. Elle a été séduite, cette humble fille qui ne sait même pas signer son nom, par les manières distinguées, la facilité de parole, la réserve, l'économie, la sobriété de celui qu'elle juge si supérieur et qui est, en effet, si différent d'elle.

Catherine est loin d'être parfaite et ses manières, sans cesse, choquent Gondrand. Elle s'enivre quelquefois. Un jour, elle a dépensé dix-sept francs de vins et liqueurs. Imaginez-vous, en ce temps, où l'on fait deux repas à l'auberge Dubois pour 20 sous, ce que l'on peut avoir pour cette énorme somme ?

« Elle est gourmande ! » « elle fait des dépenses considérables vu sa position » dit Braconnier, « elle achète, en effet, en assez grande quantité : sucre, raisin, châtaignes ». Ce sont là les grandes friandises de l'époque. Gondrand lui dit, avec raison, qu'elle ferait mieux de payer les mois de nourrice de ses enfants... Et le chanteur est le seul, dans ce ménage, qui pense aux petits qui attendent... Ses accès de colère sont donc parfois justifiés.

*
* *

L'instruction du procès, il faut bien le dire, se déroulera toute entière d'une façon partiale. On a retenu ceci : Gondrand veut se débarrasser de Catherine, car cette femme est un témoin gênant de son identité. On cherche sans se lasser tout ce qui peut fortifier cette thèse fragile. Nous ne pourrons jamais croire, en suivant cette version, que ce chanteur ambulant ait attendu d'être malade, d'être dans une auberge pleine de monde et de choisir le cœur de l'après-midi pour perpétuer un crime que l'on dit être prémédité. Allons donc ! Jean Gondrand n'est pas si sot et s'il voulait réellement se débarrasser de la fille Quierry, il ne manquait pas de meilleures occasions !

* * *

Nous ne manquons pas maintenant d'être déconcertés en constatant chez ce chanteur de foire, presque aussitôt après son crime, une brusque montée de mysticisme qui ne cessera plus jusqu'à la dernière minute de sa vie.

Dans sa prison il composera des complaintes à la Vierge et écrira de sybillines paraboles. Et, dans tous les interrogatoires qui se succèderont, cette préoccupation inattendue se fera jour à chaque instant.

Ecoutez ce dialogue assez typique du 2 mars 1844 :

« — Je répondrai aux questions que vous me posez, dit Gondrand, selon que la raison me l'ordonnera. Les faits sont toujours les faits, je ne puis les détruire pas plus qu'on ne détruira ceux qui arriveront avant peu.

— Quel motif vous a porté à donner la mort à votre femme ? demande le juge d'instruction.

— Aucun, je ne puis m'expliquer moi-même mon action car j'aimais beaucoup ma femme. Peut-être est-ce un excès d'amitié. ».

Le rapport mentionne : « L inculpé dont les traits prennent beaucoup plus de gravité depuis que nous lui parlons de sa femme, ajoute en mettant la main sur sa poitrine et en regardant le ciel : « Il fallait que cela s'accomplisse. »

« — Vous battiez souvent votre femme ?

— Je n'y comprend rien. J'étais en butte à quelque chose d'extraordinaire. C'était ma destinée dont je suis victime, sur cette terre du moins ».

Et, comme on lui demande des précisions sur la manière dont s'accomplit le meurtre qu'on lui expose :

« — Je ne puis m'expliquer des événements qui ne sont arrivés que par une volonté divine Maintenant que je m'examine, je me crois incapable d'une pareille action et, plus je réfléchis, plus je me persuade que j'ai obéi à une destinée qui devait s'accomplir.

— Dans votre maladie, vous exprimiez que vous n'aviez que deux jours à vivre. Il paraît que c'est chez vous une idée fixe car, depuis que vous êtes en prison, vous l'exprimez à la moindre indisposition éprouvée.

— Je crois encore que je n'ai pas longtemps à vivre. Il y a bien des siècles que ma mort est prédite. Ce que je dis est pour éclairer ceux qui ne voient pas.

Il dit encore :

— J'ai cédé à ma destinée et. plus je réfléchis maintenant, et plus je m'applaudis, préférant mon séjour du cachot à un palais.

*
* *

Un an se passe, Jean Gondrand est enfermé à Nevers, dans la prison des Récollets. Sa popularité est immense et ses exploits, ses paraboles mystiques, ses dons extraordinaires, tout ce qui se colporte et s'amplifie dans la foule naïve, les chansons faites, les propos rapportés font de Gondrand un véritable héros de légende. On relate au sujet de ses évasions précédentes d'extraordinaires anecdotes. Il paraît que ses mains et ses pieds sont conformés d'une telle façon qu'il lui suffit de secouer ses fers pour s'en débarrasser. Bref, Nevers, le département, la région toute entière attendent fièvreusement l'ouverture du procès et la veille même, aux abords du Palais de Justice, une foule considérable se presse et se bouscule.

L'audience est ouverte le 19 février 1845. La Cour d'assises est présidée par M. Duliège. M. Turquet est au siège du ministère public. Et c'est Mᵉ Balandreau qui s'est chargé de la défense de Gondrand. Cet avocat, est, si l'on peut dire, un des grands ténors du barreau de Nevers. Beaucoup de prévenus en ont été si satisfaits que les murs de la prison montrent un peu partout ce conseil dicté aux nouveaux arrivants : « Nie tout et prends Balandreau ». Gondrand a pris Balandreau et ne nie rien. Il a reconnu son crime. Pourtant dans le prétoire son mysticisme redouble. Il a de remarquables réponses au cours de l'interrogatoire à côté de divagations notoires :

« — Vous avez successivement pris différents noms dans vos passeports ?

— Ce n'est là qu'un délit.

— Vous avez connu le véritable Papard dans sa prison. Cet homme signalé pour plusieurs crimes, n'était-il pas renommé pour son adresse, son énergie, sa ruse ?

— Je ne juge pas les absents.

— Votre père, Nicolas Keller, n'était-il pas, horloger ?

— Je n'ai de père que celui qui est aux cieux et qui commande à tous.

— Pourquoi avez vous tué votre femme ?

— C'était la volonté de Dieu le père, ainsi l'avaient annoncé les prophètes. Je ne suis point ici pour parler humainement. Quand le moment sera venu, je vous parlerai monarchiquement et divinement, ainsi que je dois le faire pour Gondrand car je suis le premier et il n'est que le second. En vérité, je vous le dis, j'ai été envoyé ici pour porter la parole des prophètes. ».

Et, en effet, sa personnalité se dédouble et c'est le messager divin qui vient défendre le criminel. « Je suis envoyé par le Père, dit-il, demandez-moi en son nom tout ce que vous voudrez et je vous l'accorderai. »

Le réquisitoire de M. Turquet est logique et serré. *Sa lecture dure trois heures d'horloge.* Me Balandreau qui lui succède ne semble pas avoir été dans ses jours les meilleurs. Mais ce qui est remarquable, c'est le résumé impartial que fait le président Duliège en conclusion des débats (1). Il est d'une élévation de pensée et d'une sereine philosophie :

« Les antécédents de l'accusé, quels qu'ils soient, n'appartiennent, dit-il, qu'accessoirement à sa cause. MM. les Jurés doivent s'en éloigner à une certaine distance, se défier du préjugé qui s'y attache afin de se placer au centre de l'accusation, au milieu des faits, même des faits criminels qui en composent l'essence et la circonscrivent. Une loi anglaise ne veut pas que l'on insiste trop sur les antécédents de l'accusé, ni que l'on en tire une preuve contre lui. Il y a de la sagesse dans cette législation. Un homme, en effet, peut être un grand scélérat, avoir commis bien des crimes et pourtant n'être point coupable de l'action qui lui est reprochée et surtout telle qu'elle lui est imputée. »

Il dira plus loin :

« Son délire a été réel et sincère, dit-il, mais il n'a duré qu'un instant. D'ailleurs la science médicale n'est que conjecturale, elle n'offre rien de positif et il suffit qu'il y ait doute pour qu'il soit interprété en faveur de l'accusé...

---

(1) C'était la coutume alors, en fin de débats, que le Président prenne la parole pour résumer les faits et ce qui s'était dit afin d'éclairer les choses d'une façon brève et précise pour la compréhension des jurés. Souvent, et en la circonstance ce fut le cas, ce résumé de la part du Président était une véritable plaidoirie — et cette plaidoirie, il va sans dire, ne pouvait être suspectée de partialité.

« Actuellement, continue le président Duliège, Gondrand est bien véritablement le jouet de ses hallucinations. Sa monomanie n'est pas une misérable comédie, comme l'a dit le ministère public, mais bien une triste vérité. Sa présence d'esprit, son calme, sa manière nette et précise de répondre quand on l'interroge, ne prouvent pas contre la monomanie. On a vu des monomanes raisonner tranquillement. »

Ainsi tout serait à citer dans ce remarquable exposé dont l'élévation de pensée et la dignité de l'expression est ce qui ressort de plus frappant au cours de ces longs débats. Indiquons que M. Duliège est un Nivernais de bonne souche Il est né à Nevers.

Le jury, après avoir délibéré, rapporte un verdict affirmatif sur toutes les questions. C'est la mort. Gondrand reste impassible et rien ne trahit chez lui la plus légère émotion.

Le président lui demande s'il a des observations à faire sur l'application de la peine. Il se lève, prend un petit portefeuille dans sa poche, en tire un papier plié. Il salue poliment l'huissier et lui remet ce papier d'une main, ajoute le rapport, « aussi ferme que le bronze ».

Jean Gondrand se pourvoit en cassation.

*
* *

Un certain temps s'écoulera avant que l'on connaisse la décision définitive. Gondrand met ses loisirs à profit pour écrire des œuvres marquées toutes de ce mysticisme ardent que j'ai déjà signalé.

Ainsi cet homme qui a passé sa vie errante à se faire l'historien des grands crimes, qui burine à la pointe du poignard des images de terreur, cet homme qui ne trouvant plus les réalités suffisantes se met à inventer d'épouvantables récits de forfaits (comme cette complainte dont nous a parlé un gendarme de

Courtenay et qui détaille le « jugement d'un jeune homme condamné à la peine de mort pour avoir pendu sa mère à un arbre »), ce Jean Gondrand qui, dans la caverne où s'écoula son enfance a vu ses frères guetter les passants pour les assaillir, sa mère lapider sa belle-fille aidée de son fils, les prétentions scientifiques de son frère « le médecin » se combiner à des actes de sadisme qui s'exercent sur ses propres enfants ou des concubines sans défense, ce Gondrand se transfigure. Après la formidable secousse de Saint-Amand-en-Puisaye, son esprit s'est complètement transformé : il n'écrit plus, ne chantera plus que des cantiques !

Vierge admirable — Jésus aimable — Cœurs secourables — Dans l'affliction — Que votre Grâce — Prenne et remplace — Des cœurs de glace — Dans les prisons — Reine des Anges — Et des archanges — Que des louanges — Vous soient chantées — Et qu'en mémoire — De votre gloire — Tous puissent croire — Etre sauvés.

Ceci est le couplet d'un cantique à la Sainte-Vierge que Jean Gondrand a composé dans sa prison. Il a écrit une autre petite pièce, le *Retour de l'Enfant prodigue* réellement inspirée d'un tour vif et bien rimée, qui est vraiment surprenante, quand on pense à l'enfance inculte de son auteur.

Je veux pourtant me lever — Pour penser à me sauver — Il est temps que je détourne — Mon cœur de l iniquité — Et qu'enfin je m'en retourne — Vers celui que j'ai quitté. — Voici, cher père, à genoux — Un fils indigne de vous — Si vous daignez me permettre — D'entrer dans votre palais — Ce me serait trop que d'être — Au nombre de vos valets — J'ai péché contre les cieux — Je n'ose y lever les yeux — J'ai péché contre vous-même — Je n'ose vous regarder — Ma douleur en est extrême — Je suis prêt à m'amen-

der — Je me soumets de bon cœur — A votre juste rigueur — Je ne veux plus vous déplaire — Oubliez ce que je fis — Vous êtes encore le père — De ce misérable fils. Et le père répond : *Cher enfant, embrasse-moi — Je brûle d'amour pour toi — Mes entrailles sont émues — Et d'amour et de pitié — Par ton retour tu remues — Tout ce que j'ai d'amitié — Laquais, cherchez des souliers — Et mettez-les à ses pieds — Cherchez dans ma garde-robe — Une bague pour son doigt — Avec sa première robe — Puisqu'il revient comme il doit...*

J'ai senti transpercer au travers de ce morceau d'expression si simple, que je regrette de ne pouvoir vous donner tout entier, une émotion vraiment sincère. Sentez-vous tout ce qu'il y a d'amour dans ce petit vers « Avec sa première robe » ? Il est presque, ce poème, de la grande lignée de ceux des poètes populaires : Tristan Corbière, Paul Verlaine, Jehan Rictus, Paul Fort ; aussi j'assimile presque certains de ses accents à ceux de la fameuse Rapsodie foraine de Sainte-Anne la Palud, de l'illustre « poète maudit ».

Prends pitié de la fille mère — Du petit au bord du chemin... — Si quelqu'un lui jette la pierre — Que la pierre se change en pain. (1)

Tout ce qu'écrira Jean Gondrand dans sa cellule de Nevers est inspiré par un altruisme débordant. La rédemption des coupables ne s'accomplira que par un apostolat effectif. Il demande qu'on substitue dans notre législation la déportation à la peine de mort. Il demande que chaque condamné soit employé dans nos colonies à un travail qui se rapporte à sa vocation. Gondrand, qui est l'homme des foules songe à son envoi chez les sauvages. Il chantera à

(1) Tristan Corbière : « Les Amours Jaunes-Armor ».

l'ombre des baobabs des complaintes à la gloire de l'éternel, il évangélisera au rythme assourdissant des tams-tams. Il veut faire, en effet, un missionnaire.

> « **Que les auteurs de crimes et de divisions**
> **Trouvent leur liberté dans leur conversion** »

Il écrit encore :

> « **L'exil procurera de parfaits missionnaires**
> **Qui désirant la paix pour leur tranquillité,**
> **Reconnaîtront le prix de cette liberté,**
> **Qui loin de dégrader les lois européennes,**
> **Méritera la gloire de tolérance humaine.** »

Souvenez-vous que les grands romans populaires de cette époque par une contradiction singulière à la période de grands crimes qui se déploie (1), sont remplis de prêches humanitaires. L'abolition de la peine de mort est déclamée un peu partout. Gondrand a pu lire les chapitres fameux consacrés à ce sujet par Eugène Sue dans les *Mystères de Paris* qui viennent de paraître avec un formidable retentissement. Et lui aussi, Gondrand, apporte son idée qui vaut bien celle du romancier qui préconisait l'aveuglement des criminels pour qu'ils puissent, dans l'obscurité, voir s'épanouir le remords et se rapprocher le pardon.

C'est cette codification nouvelle qu'on lui a vu remettre mystérieusement au Président de la Cour d'assises lorsqu'on lui demande s'il a quelque chose à ajouter sur l'application de la peine. Certes, il a quelque chose à ajouter, c'est toute une refonte mystico-sociale des lois de répression en matière

---

(1) La mystérieuse affaire de Mme Lafarge, accusée d'avoir assassiné son mari, est passée aux Assises en septembre 1840.

criminelle qu'il apporte. Nous avons ce document. Je ne puis que vous l'indiquer.

*
* *

J'avais, armé du dossier, étudié tous ces faits singuliers, en même temps qu'à chaque tournant des pages un doute montait dans mon esprit.

Je n'avais pas été très fier en voyant inscrit parmi les membres du Jury un mien parent de La Charité : Louis-Arçin Bourjot. Ce jury, en effet, à l'unanimité, avait condamné Jean Gondrand sans reconnaître de circonstances atténuantes, sans demander aucun recours en grâce. Le Roi Louis-Philippe, par ailleurs si débonnaire, refusa de commuer la peine. Or tous les faits que je viens de vous rapporter m'avaient troublé. Je voulais savoir la vérité sur ce « cas » si attachant. C'est pourquoi je m'en fus requérir l'opinion d'un homme de science.

Par une claire matinée de mai, dans son agréable studio de La Charité qui commande un si magnifique horizon du val de Loire, je me rencontrai avec mon ami, le Docteur Beaussart qui venait de mettre au point les notes recueillies dans la documentation que je lui avais fournie quelques jours auparavant.

« J'ai passé, me dit-il, toute une nuit à étudier ces rapports et ces interrogatoires et voici ce qui ressort de leur examen et de ma méditation. » La modestie du savant ne voulut pas dire de son expérience qui est si profonde en matière de pathologie mentale.

« Le crime de Saint-Amand, étant donné les circonstances mêmes au cours desquelles il a été commis, implique un mobile nettement morbide.

« D'abord du point de vue psychologique il a été accompli contre l'intérêt même de son auteur. En admettant que Gondrand ait voulu se séparer de Catherine, il pouvait le faire sans courir les risques d'un assassinat perpétué aux yeux et à la connaissance de tous. Il pouvait la quitter purement et simplement comme il avait fait déjà avec ses autres concubines (Catherine à Courtenay ne lui en avait-elle pas offert l'occasion ?) Rien ne prouve que Catherine était au courant de son passé exact. En tout cas, elle avait déjà montré qu'elle savait être discrète, même au cours de ses accès de rancune, et particulièrement lors de son entretien avec les pouvoirs publics de Courtenay. Le véritable nom du marchand de complaintes était déjà connu d'autres personnes (témoin la révélation de la fille Salandre).

Eut-il voulu supprimer un témoin gênant de son identité exacte, et, partant, de son passé, qu'il avait, au cours de sa vie errante, plus d'un procédé utilisable et moins compromettant pour sa sécurité personnelle, qu'un crime de sang, (précipitation dans une rivière, par exemple, dans un endroit isolé en laissant croire au suicide). En réalité, il n'avait nulle intention de rompre avec sa concubine. Ce ne sont pas les quelques querelles qui sont relevées à leur encontre qui peuvent prouver qu'il avait mûri le dessein de la tuer. Ces dissentiments s'expliquent par la divergence même de leurs caractères sans que, pour cela, il y ait eu incompatibilité irréductible d'existence.

Nous avons dépeint Catherine. Elle heurte souvent l'esprit d'économie et la susceptibilité de Gondrand. Il paraît sincère quand il reproche à sa maîtresse de dépenser inutilement un argent qu'il vaudrait mieux donner aux nourrices de leurs enfants. L'abandon de ces derniers paraît avoir été plus une nécessité imposée par le genre de vie nomade du couple et par son manque de ressources, que la traduction d'une abolition du sentiment affectif, du moins du côté de Gondrand. Ce dernier paraît non moins sincère quand il proclame qu'il était attaché à la mère de ses enfants. Il n'était pas, en effet, foncièrement méchant et pervers. Son passé judiciaire était surtout un passé militaire spécial et non une suite de crimes attentatoires aux personnes. Il menait dans ses pérégrinations une existence honnête en égard aux exigences du code.

Du point de vue pathologique, le crime s'explique à l'heure actuelle à la faveur d'une connaissance plus précise de la pathologie mentale.

Gondrand a été atteint d'une affection pulmonaire aiguë dont on relève les premices morbides le samedi 2 décembre, à Sancerre.

« Papard, dit Braconnier, (déposition du 18 déc.) se plaignait d'être malade. Dans la nuit du samedi 2 au dimanche 3 il avait la fièvre, il parlait en homme agité. Dans la soirée du lundi 4 et dans la nuit du lundi 4 au mardi 5, il a encore un accès de fièvre. « La fille Clément l'aidait à se coucher le 4 au soir, quand Papard lui dit ; avec un regard et une voix étranges : « J'ai envie de vous mordre. »

Le départ était décidé pour Saint-Sauveur le mardi 5 au matin. Papard est dans l'impossibilité de se remettre en route. « Je ne vois pas clair, le sang me monte à la tête, je suis tout étourdi, (dép. du 8 déc.). Il propose, vous vous souvenez, à son collègue Braconnier et à la fille Clément, compagne de ce dernier, de retarder leur départ et, au besoin, d'emmener Catherine avec eux. (Témoignage capital, et dont l'instruction ne tient aucun compte. — Nous voilà loin, en effet, de la préméditation d'un crime !). Ils reviendront ensuite le retrouver, car de Saint-Amand, ils iront à Entrains. Le soir, l'état de Papard est si grave que les Braconnier partent seuls et que Catherine ne peut faire autrement que de rester.

Ce jour là, 5, Papard a été vu par le Dr Paultre (dép. du médecin 8 déc 43). L'état infectieux ne fait pas de doute. Le malade tousse, il expectore des crachats sanglants, il a de la dyspnée, sa peau est chaude, sa bouche est sèche, sa langue saburrale, il a des nausées. Quel diagnostic exact porter ? Pneumonie ? foyer de congestion pulmonaire ? peu importe. Ce qu'il convient de savoir, c'est qu'aucune simulation ne peut-être en jeu et que Papard est la proie d'une maladie aiguë qui s'impose à lui. « Il a un délire léger continu ». Il refuse de se laisser saigner. Le lendemain 6, aucune amélioration ; il est toute la journée dans un « état continu d'exaltation et d'agitation, il cause sans discontinuer, il est impossible de le faire taire ». Le matin et le soir, il consent à la saignée. Toute la nuit du 6 au 7, il délire et reste insomnique. Le 7 au matin, le médecin ne trouve pas qu'il va mieux et se propose encore de le phlébotomiser. Papard s'y refuse.

Le 7 au matin, c'est l'incident du jeune potier Rousseau dont je vous ai parlé. Il frôle la main de Papard en s'en allant à son travail et le malade se met en colère et lui fait la menace : « Cela se paiera. Dans l'après-midi, c'est la fille Dubois qui lui entend dire : « Le coquin m'a saigné dans la fièvre. J'ai les deux poumons paralysés. Il me paiera cela. » Quelques instants après, c'est le crime : Catherine est mortellement frappée alors qu'elle se penche sur lui pour le consoler. Puis ce sont les violences sur tous ceux qui se présentent et Papard enfin se recouche. C'est dans un parfait état de calme qu'on l'arrête, il tenait encore son poignard à la main.

Dans la soirée, il est interrogé par le juge de paix. Il lui dit que s'il a tué sa femme et blessé d'autres personnes, c'est qu'il a agi dans le délire causé par la fièvre et les saignées intempestives. Dans cet état il aurait tué n'importe qui. A ce moment il manifeste les regrets qu'il a d'avoir perdu sa femme et « l'on fera de lui ce que l'on voudra. »

Dans la nuit du 7 au 8, enfermé dans la prison communale de St-Amand et veillé par des gardes nationaux, il recommence à causer d'abondance, en

DÉTAILS

Sur la Vie, les Crimes et le Jugement de

JEAN GONDRAN DIT PAPART,

Suivis d'un Cantique et d'une Complainte qu'il a composés dans sa prison.

Le 7 décembre 1843, à 4 heures du soir, une horrible scène de meurtre venait tout à coup jeter l'épouvante et l'horreur parmi les habitants de Saint-Amand-en-Puisaye. Des cris affreux, des cris d'assassinat, des cris de mort, se faisaient entendre dans l'auberge du sieur Dubois ; une jeune femme échevelée, couverte de sang, se précipitait hors de la maison et venait tomber mourante dans la rue, mortellement frappée de quatre coups de couteau ; au même instant apparaissait toute sanglante à une fenêtre une autre femme, la fille de l'aubergiste, frappée elle-même de cinq coups de couteau, tandis que son frère et une autre personne accourus à son secours fuyaient à leur tour, déjà frappés l'un et l'autre par le meurtrier, qui, nu, en chemise, armé de son couteau sanglant, s'était précipité sur eux pour assouvir sa rage homicide. — Quel était cet homme, que la foule en se précipitant sur ce lieu de carnage a trouvé paisiblement recouché dans [son] lit, tenant encore à la main le couteau fatal teint du sang de ses [victi]mes ? Était-ce un fou digne de la pitié publique, ou un assassin [avide] de sang ? Son histoire, tableau horrible qui fait reculer d'épou[vante], car jamais peut-être, devant une cour d'assises, un accusé ne [s'est] présenté sous des traits plus hideux et plus terribles, son histoire, [voulez]-vous, l'apprendre.

HISTOIRE DE GONDRAN.

Jean Gondran naquit vers 1810 ; son père, Nicolas Keller-Gondran, était protestant et habitait avec toute sa famille la commune de Bagus,

Première page de la brochure populaire de 1845
Conservée à la Bibliothèque Nivernaise
Bois gravé par Jean Gondrand

L'AUBERGE DUBOIS

(Dessin explicatif tiré de la brochure populaire de 1845)

L'ANCIENNE AUBERGE DUBOIS

(Photographie de M. Belile, prise à Saint-Amand-en-Puisaye en 1926)
(Remarquer dans l'angle de la maison la potence de l'enseigne)

homme agité, ne jouissant pas pleinement de sa raison, quoi qu'ayant une certaine suite dans ses récits. Son pouls était précipité et traduisait un certain état fébrile infectieux.

Il raconte que les coups étaient destinés au médecin et il insiste et revient à chaque instant sur ce fait que c'est ce dernier qui est la cause de tout le mal. Par ses saignées pratiquées mal à propos il a fait que ces poumons se sont « pétrifiés ». Pour se venger Papard a aiguisé son couteau et il a envoyé sa femme chercher le praticien, prêt à le frapper dès qu'il sera près de lui. Mais elle est revenue seule. Comme elle lui présentait du bouillon, c'est sur elle qu'il a assouvi son accès d'exaltation morbide.

Le 8 décembre, il subit le premier interrogatoire du juge d'Instruction. Il reconnaît le poignard avec lequel il a tué, mais, en présence du cadavre, il se précipite sur lui en pleurant : « Ma pauvre femme, j'irai bientôt te rejoindre. » Il dira quelques instants après : « Je n'avais aucun motif pour la tuer, j'étais dans un accès de fièvre tel, que j'aurais frappé le premier venu. J'ai frappé tous ceux qui se présentaient, la fièvre me commandait le crime, je n'étais plus maître de moi... »

Voici donc tous les faits acquis qui permettent une discussion rapide des phénomènes morbides présentés par Gondrand, même en l'absence d'un interrogatoire médical spécialisé qui en eut peut-être précisé d'autres.

*
* *

L'état infectieux, continue le Docteur Beaussart, a eu chez lui une répercussion indubitable sur sa cérébralité. Le fait est classiquement connu et n'est pas pour étonner, car le germe microbien des affections du genre de celle qu'a présentée Papard, se trouve véhiculé dans la circulation générale en même temps qu'il se fixe en majeure partie dans le viscère (poumon en l'espèce) dont l'atteinte conditionne en apparence toute la maladie. Ce sont des considérations théoriques qui, à l'époque du crime, ont faussé l'interprétation clinique exacte des faits à savoir : que le délire devait être fonction de la gravité de l'infection alors qu'en réalité il dépendait de la nature du terrain cérébral du malade et on peut considérer dès maintenant Gondrand comme atteint de dégénérescence mentale dans le sens biologique du mot. Rien d'étonnant à ce qu'il ait réagi de cette façon en la présence du processus morbide. Il est en effet, une loi de pathologie générale qui veut que l'organisme soit atteint suivant ses conditions de moindre résistance.

C'était encore penser d'une façon théorique et en méconnaissance de la pathologie mentale que de soutenir que le délire devait être tel, pour être légitime, qu'il aurait dû absorber le champ entier de la conscience du malade et le laisser absolument ignorant et amnésique de tout ce qui s'était passé.

Gondrand a surtout été obsédé, en dégénéré qu'il était, par la prétendue gravité de son mal. Il a eu la conviction qu'il allait mourir. Il a interprété d'une façon fausse les symptômes fonctionnels ressentis et il a eu des craintes morbides, nosophobiques, hypocondriaques, lorsqu'il a prétendu que la thérapeutique appliquée était contraire aux données médicales. Il a réagi aussitôt à la manière du persécuté-persécuteur prétendant que le médecin avait voulu faire des essais sur lui et lui avait paralysé et pétrifié les poumons.

Impulsif de par sa nature constitutionnelle, il a voulu, de suite, passer aux actes et tirer vengeance du dommage subi avec d'autant plus d'acharnement qu'il se figurait alors mourant. C'est dans l'intention certaine de frapper le médecin qu'il tenait son arme à la main. Il y a bien là, préméditation, mais préméditation pathologique. A ce moment alors une rage impulsive l'a saisi et il a frappé tout ce qui tombait sous sa main quelle que soit la condition des personnes présentes. Le potentiel agressif une fois libéré, il est redevenu, non seulement calme, mais aussi abattu. Que des divergences dans les détails de ses récits qu'il n'a du reste, pas affirmés aient été relevés le lendemain, cela n'est pas pour étonner, car dans la nuit du 7 au 8 il n'était pas entièrement ibéré de l'emprise infectieuse et ses souvenirs pouvaient quelque peu s'en ressentir, en raison d'un certain degré de confusion mentale qui se manifestait par intermittence ainsi que nous l'avons déja signalé d'après les témoignages, délire léger continu, exaltation nocturne, c'est-à-dire état de rêve morbide toxi-infectieux.

Il est illogique de faire grief à Papard d'avoir eu, après le crime, la préoccupation de persister à cacher son véritable état-civil. Cela n'était que naturel à son point de vue, il en usait depuis longtemps, et ne va pas à l'encontre des perturbations mentales précédemment indiquées.

On peut dire que Gondrand, au lieu du simulateur rusé que l'on a représenté, est resté, au contraire, dans une attitude strictement exacte, sans essayer d'ajouter volontairement quoi que ce soit qui eut plaidé en faveur de ce qu'on croyait alors le véritable masque de la folie.

Il lui a nui d'avoir été trop sincère alors que, par un retour inverse, cette manière d'être a été exploitée contre lui.

A la Cour d'assises, le résumé de l'affaire présenté par le Président est remarquable de clairvoyance dans le sens que nous défendons. On ne saurait également d'autre part trop admirer la prudence du médecin de Saint-Amand, Cléophas Paultre, singulièrement plus instructif que les affirmations abstraites des médecins légistes (1) commis pour se prononcer sur l'état mental.

Je crois qu'au moment où il a frappé, Gondrand n'a été rien de plus qu'un dégénéré mental s'apprêtant à réagir impulsivement et maladivement sous l'influence d'une préoccupation nosophobique, à la manière du persécuté-persécuteur, et que le processus violent s'est libéré brusquement sur une autre personne.

Il y a tout lieu de supposer qu'à ce moment, les divagations mystiques qui se sont fait jour, par la suite, ne sont pas entrées en ligne de compte et qu'elles n'existaient alors pas. Elles apparaissent, après coup et constituent une nouvelle manifestation de la dégénérescence mentale du sujet. Que Gondrand leur ait, par la suite, attribué une part dans le déterminisme de son crime, cela n'est pas pour nous étonner car les explications par pensées rétrospectives sont connues en pathologie mentale. Il n'y a donc pas d'argument à tirer dans le sens d'une simulation, de ce fait qu'à partir du 5 janvier 1844, il fournisse dans ses interrogatoires, de nouvelles explications de son crime. A ce moment, ces dernières sont en concordance avec la nouvelle phase de son psychisme maladif. Qu'on se rappelle, " comme nous l'avons indiqué ", que c'est spontanément, le 2 mars 1844, alors que " Gondrand" était inconnu de tous (la révélation de la fille Salandre est d'avril) qu'il a fait connaître tout son passé.

Une fois l'attitude mystique apparue, elle durera jusqu'à l'exécution capitale. Rien d'étonnant à ce que Gondrand ait conservé, jusqu'au bout, son calme et sa sérénité : en mystique délirant, il n'a vu

(1) M. Chomel, « savant de l'Académie de médecine de Paris. » et M. Georget, médecin de la Salpétrière.

dans la mort qu'une libération et un rapprochement du divin, auquel, par moment, il s'assimilait.

L'état de dégénérescence mentale du malade se caractérise par la dégénérescence générale familiale. C'est moins en raison, semble-t-il, de l'influence d'un milieu pervers que d'une tare cérébrale élective que la famille Gondrand s'est tristement illustrée.

Gondrand Jean est un instable, qui, comme beaucoup de dégénérés de cette catégorie, n'a pas pu se plier à la discipline militaire. Il ne s'est adapté á la vie sociale que du jour où il a commencé à péregriner. Il était moins poussé à cette vie errante par le besoin de fuir la justice que par nécessité constitutionnelle de se déplacer.

N'ayant eu aucune instruction scolaire, il avait certaines qualités intellectuelles spécialement développées au détriment d'autres et mises en œuvre dans un but peu profitable. Il devait être vaniteux et conscient d'une certaine supériorité. Sans être foncièrement méchant, il était facilement impulsif et violent. Rappelons-nous qu'un de ses bisaïeuls maternels s'était jeté par la fenêtre à la suite d'une saignée qu'on lui avait faite dans les mêmes conditions que lui.

Il eut été intéressant de préciser toutes ces anomalies ou ces dysharmonies psychiques par un long interrogatoire médical direct, ainsi que nous en avons la possibilité maintenant ».

Le Docteur Beaussart, s'est tu.

— A quoi tiennent les choses ne puis-je m'empêcher de lui dire ? Il s'en est fallu de bien peu que Jean Gondrand, accomplissant son projet, ne tuât le Docteur Paultre au lieu de tuer sa femme. Il me semble que dans ce cas toute l'instruction aurait été changéeet que, sans doute, même à cette époque, le chanteur aurait sauvé sa tête.

— Bien sûr, me répondit le Docteur, puisqu'alors on n'aurait pu retenir contre lui la notion de préméditation d'un crime dans le but intéressé de supprimer un témoin gênant de son passé.

*
* *

J'ai travaillé des semaines sur ce dossier d'une grosseur anormale et vingt fois j'ai recommencé mon récit pour l'alléger et le rendre plus direct. Je ne voulais rien négliger d'essentiel et, cependant, j'ai peur de m'être trop étendu. Je voudrais conclure, mais, je ne le puis encore. Il faut bien, en effet, puisque vous avez suivi jusqu'ici l'étrange odyssée de mon chanteur, que je vous fasse le récit de sa mort. Il faut aller jusqu'au bout. Regardons-le monter, sans faiblir plus que lui, les degrés de l'échafaud.

*
* *

« Nevers, le 25 avril 1845 ;

« Le Procureur du roi, à Nevers,

« Vu l'arrêt de la Cour d'assises de la Nièvre du 21 février dernier qui condamne Jean Gondrand, dit Papard à la peine capitale pour assassinat,

« L'arrêt de cassation du 13 mars suivant qui rejette le pourvoi de Jean Gondrand.

« Vu également la lettre de M. le Procureur général à la Cour royale de Bourges, du 17 courant, par laquelle ce magistrat annonce que sa Majesté avait décidé, sur la demande en grâce de Gondrand, que la justice aurait son libre cours,

« Attendu que l'exécution de Jean Gondrand est indiquée au samedi 26 avril 1845, à midi précis, qu'elle aura lieu sur la place de la foire,

« Requiert le greffier en chef du Tribunal de 1re instance et de la Cour d'assises de Nevers, de se rendre, demain, à sept heures précises du matin, après s'être entendu avec M. l'abbé Lacroix, aumonier de la prison, auprès du condamné auquel il donnera connaissance des pièces ci-dessus énumérées,

« De se rendre également, à midi précis, dans la maison qui lui sera désignée par le maire de Nevers dans le voisinage du lieu de l'exécution.

« Et de rédiger du tout, procès-verbal, qui sera joint aux pièces conformément aux règlements... »

Cette lettre a déjà toute la sécheresse du couperet. Elle écrit le mot conclusion en haut de mon dernier chapitre.

*
* *

La nouvelle est bientôt connue. Partout on la colporte. Elle court de boutique en boutique, de l'atelier à la ferme, les voituriers la transportent dans les campagnes, les courriers l'éparpillent dans toutes les directions. On la croit à peine ! Depuis des semaines on la sentait dans l'air et, chaque samedi, jour de marché, il y avait foule dans la rue des prisons. « On accourait de toutes les localités voisines dans l'espoir d'assister à un drame que les imaginations populaires annonçaient devoir être mystérieux L'homme voué à l'échafaud avait des antécédents si étranges qu'il semblait être dans des proportions extraordinaires, le peuple s'attendait même à des transformations sous le fatal instrument ». (1)

Que fait Gondrand depuis la sentence de la Cour d'assises ? Il n'a pas perdu son assurance. Les larmes qu'il verse parfois n'indiquent ni crainte, ni faiblesse, mais le regret d'un crime que sa volonté n'a point voulu. Ses inspirations d'illuminé se mêlent à des sentiments chrétiens et il a fait du *Nouveau Testament*, son livre de chevet. Quelqu'un l'a vu et nous a fait son portrait, écoutez-le : « Sa pose

(1) Echo de la Nièvre, 29 avril 1845.

toujours dramatique de même que les mouvements de ses bras et de ses yeux, la grande mobilité de sa physionomie encadrée dans une longue chevelure noire bien soignée, ajoutaient à ses discours fortement accentués, quelque chose d'imposant et presque de prophétique pour le vulgaire ». (1)

Un jour blême éclaire la prison. Avril est maussade et, ce matin, il pleut doucement sur la ville. Gondrand est occupé à écrire sur le banc de pierre du préau. Des bruits de pas, sur les dalles, se rapprochent. Des hommes noirs paraissent. Huit heures sonnent à la Cathédrale Saint-Cyr. Il a vu l'abbé Lacroix qui depuis sa condamnation le visite tous les jours pour s'entretenir longuement avec lui.

Il a vu, à ses côtés, d'autres visages inconnus. Gondrand se lève. Il comprend : c'est pour lui !

« Et bien, puisque c'est la volonté de mon père qui est dans les cieux, je suis prêt, dit-il, je m'y attendais. Demandez plutôt à Monsieur (il désigne son gardien) ce que je lui ai dit à mon réveil ».

Il avait rêvé qu'on lui avait apporté sa grâce, et, dès le matin, il avait fait don à l'homme chargé de le surveiller, des divers papiers qui renfermaient ses pensées et ses dessins.

— Votre songe vous a trompé, lui dit-on, puisque c'est le contraire qui arrive.

— Pas du tout, car, n'est-ce pas une grâce que d'être arraché à l'exil de cette terre ?

Quelques prisonniers, passant à ce moment, et comprenant la scène, s'approchèrent de lui dans une attitude consternée.

— Mes frères, leur dit-il, en étendant les bras, aujourd'hui, je suis plus heureux que vous.

Il accepta avec empressement d'assister au sacrifice de la messe. Et dans la chapelle sombre, age-

(1) Echo de la Nièvre, 29 avril 1845.

nouillé devant l'autel, il chanta d'une voix ferme sa dernière complainte : la prière du matin.

Il passa ensuite dans une pièce voisine avec l'abbé Lacroix et l'abbé Lebrun, qui avait été chargé à une autre époque du service des prisons, et il leur parla longuement de sa mort et de l'éternité. Il demanda ensuite à confier au papier ses dernières pensées et ses adieux. Il écrivit ainsi près de trois pages sans hésitation, sans tremblement de main et remit à l'aumonier cette sorte de testament. Puis il légua à deux gardiens ses pauvres effets.

On lui proposa de prendre quelque nourriture.

— Non, répondit il, c'est mieux d'être à jeun.

— Pour vous soutenir, alors, dit l'aumônier, acceptez un peu d'eau-de-vie.

— L'eau de Vie ! s'écria-t-il, c'est de vous mon père que je la reçois, c'est votre parole et elle me soutiendra.

Le temps allait vite.

Onze heures étaient sonnées depuis quelques minutes lorsque le bourreau, escorté de deux aides, se présenta pour procéder aux terribles apprêts. Gondrand les salua en souriant. Des serruriers se mirent à lui briser sur un étau les fers pesants qu'il avait aux pieds. L'exécuteur s'approcha du patient et semblait s'excuser de la pénible tâche qu'il avait à remplir.

— Faites votre devoir, Monsieur, lui dit Gondrand en lui donnant la main ; ici, chacun a le sien.

Ses regards, en s'abaissant sur ses longs cheveux qui sous les ciseaux tombaient à ses côtés, se relevèrent aussitôt vers le ciel et il demanda la permission de passer une chemise blanche pour marcher, dit-il, plus dignement à son sacrifice.

Son avocat apparut sur ce moment. Il l'assura qu'il avait la conscience d'avoir fait tous ses efforts pour le sauver et qu'il le félicitait de son courage et de son impassibilité.

— Je vous remercie, Me Balandreau ; bientôt, à mon tour, je prierai pour vous.

— Vous faites preuve, mon ami, de beaucoup de philosophie à cet instant, lui dit-on.

— C'est la philosophie que donne la religion et que m'a inspirée mon Père, qui est là, reprit-il, en montrant l'aumônier. Puis, il s'écria, en ouvrant ses bras qu'on allait lui attacher derrière le dos : « Mes frères, car nous sommes tous frères en J.-C., je vais rejoindre notre Père. Priez pour moi, et dans peu je prierai pour vous ».

Le témoin oculaire ajoute : « Il n'y avait ni exaltation, ni surexcitation, ni affectation dans cet homme. Tous ceux qui étaient là l'ont vu ; son sourire était naturel, ses paroles nullement étudiées ».

La redoutable toilette était achevée.

Gondrand, qui voulait faire le trajet à pied, s'avança entre les deux prêtres. Alors, en traversant la cour, il vit les prisonniers qui s'étaient religieusement découverts et agenouillés à son approche. « Adieu, mes frères, aimez-vous bien et priez pour moi qui vais rejoindre mon Père ! »

*
* *

La porte de la prison s'ouvre. Quelle foule ! Un peloton de cavalerie et la gendarmerie à cheval et à pied peut à peine endiguer les flots du populaire qui, venant d'un peu partout, et particulièrement de la place des Récollets, s'engorgent dans l'étroite rue des Rétifs.

Toutes les fenêtres des maisons sont garnies de visages contractés qui regardent avidement. Nevers a suspendu sa vie active, les ouvriers ont abandonné leurs travaux, les ruraux leur marché ; dans les campagnes les troupeaux n'ont plus de gardiens, les maisons sont vidées, des files de carrioles ont jeté la population paysanne dans ces rues en pente que descend un condamné à mort.

Il pleut. Les prêtres qui entourent l'homme cherchent à le dissimuler aux regards de la multitude. Ils passent, fantômes lugubres. On entend par instant un cri d'angoisse, un sanglot vite étouffé, une litanie qui s'efface. La grosse cloche de Saint-Cyr gronde dans l'air mouillé. Les brumes se lovent et se déroulent sur les masses denses de la foule. On croit voir le ciel s'éclairer de lueurs insolites et la pluie molle d'avril détrempe les énergies et assombrit tous les cœurs.

Un seul reste ferme dans cette détresse générale. C'est en vain, en arrivant au champ de foire, qu'en abaissant son parapluie, l'Abbé Lacroix cherche à cacher l'échafaud aux yeux de celui qui va mourir. Gondrand n'a pas peur.

— Ne craignez pas, mon Père, que la vue de l'instrument me fasse mal... Et sa marche continue d'un pas assuré.

En repoussant vigoureusement les curieux trop pressés, les cavaliers ont déterminé une mince saillie de foule et une brave femme de la campagne s'est trouvée rejetée tout près du malheureux, si près, qu'elle pousse un grand cri : « Ah ! mon Dieu ! »

Gondrand la regarde, le visage transfiguré : Cette passante inconnue a compris, croit-il, ce qui l'anime, et, comme se parlant à lui-même, il dit : « Oui, c'est bien cela, je suis votre Dieu ! »

Le voilà aux pieds de l'échafaud. Il embrasse son confesseur. Il monte, sans émotion, les redoutables degrés et, pendant qu'on l'attache à la planche fatale, il agite avec une sorte de joie sa tête, il jette à la foule ses derniers mots : « Je vais au Ciel, priez pour moi, mes frères, et je prierai pour vous ! »

Le silence se fit, immense. Le peuple attendait un discours. Il n'entendit que la chute lourde du couteau. Le quart de midi sonna à l'horloge du beffroi.

*
* *

Que conclure ?

" L'Echo de la Nièvre " du 29 avril 1845 écrivait ceci : « Ce que nous croyons, c'est que la religion du Christ avec ses paroles d'indulgence et de pardon, avec ses consolations indicibles, avec ses immortelles espérances, opère tous les jours de semblables prodiges et que celui-ci est entièrement son œuvre ».

Nous nous sommes placés sur le terrain scientifique ; pouvons-nous accepter cette version ?

Un fait reste évident en tous cas : Cet homme ne devait pas être exécuté.

Ce n'est pas la revision d'un procès, ni une réhabilitation que j'entame ; ce sont des explications que j'ai voulu donner et ceci pour rompre une indifférence qui s'est faite depuis trop longtemps complice d'une véritable erreur judiciaire. Les juges de ce temps ont été de bonne foi. Mais leurs conclusions ont porté plus sur l'homme chargé d'un lourd passé que sur l'impulsif d'un moment. Gondrand ne fut pas un monstre. Ce fut un malade. Son histoire extraordinaire, qui trouva son dénouement dans notre pays, méritait d'être connue. Sa triste aventure était oubliée. Son nom même n'était plus que dans les souvenirs vacillants de très vieilles personnes. Mais cependant si, par hasard, on parlait de Gondrand, toujours son nom s'associait aux expressions de l'opprobre (1).

---

(1) Brigand comme Gondrand. Le mot fut quasi proverbial pendant plus d'un demi-siècle dans notre pays. Quèlques vieilles gens le disent encore.

Puissent les nouvelles explications que j'ai données de ce drame apporter, dans l'espace et le temps, un réconfort aux mânes du pauvre chanteur et caresser un instant son repos, si durement gagné, qu'il écoule dans le silence de l'éternité !

Raoul TOSCAN.

1928

IMPRIMERIE G. BOURRA, BOULEVARD DE LA RÉPUBLIQUE

COSNE

www.ingramcontent.com/pod-product-compliance
Ingram Content Group UK Ltd.
Pitfield, Milton Keynes, MK11 3LW, UK
UKHW021500260726
13993UKWH00004B/1506